태 양 의   후 예

PHOTO ESSAY

태양의 후예

PHOTO ESSAY

특전사 대위
유 시 진

아이와 노인과 미인은 보호해야 한
다는 믿음, 아닌 건 아니라는 상식,
그런 믿음을 곧 죽어도 지키는 군
인으로서의 명예. 때로 내가 선이
라 믿는 신념이 누군가에겐 다른
의미라 해도 최선을 다해 주어진
임무를 수행했다. 그에게 조국보다
중요한 것은 없었다. 그러던 어느
날, 되게 특이하고 되게 이쁜 여자
를 만났다.

흉부외과 전문의

강 모 연

아침 출근길에 주차를 거지같이 해
놓은 어떤 사람 때문에 열 받고, 점
심에 김치찌개를 먹을지 된장찌개
를 먹을지 고민하고, 수술실에서
섹시한 모습으로 메스를 잡았다.
이번엔 교수 임용이 될까 고민하
는, 그렇게 매일 똑같은 하루였다.
그러다, 현존하는 이 세상 남자 중
에 가장 잘생긴 남자를 만났다. 비
밀 많은 이 남자, 대체 뭘까?

II

특전사 선임상사
서 대 영

태극 마크를 꿈꾸던 유도부 시절,
준결승전을 앞두고 져줄 것을 요
구하는 코치의 말을 납득할 수 없
어 상대 선수를 이겨버렸다. 뒷골
목에서라도 당당하게 싸우겠노라
의리를 외치는 형님들과 어울렸지
만 깡패는 그저 깡패였다. 조직을
벗어나기 위해 검정고시에 합격한
날 자원 입대했다. 악명 높은 훈련
들은 대영을 더욱 단련시켰고 그의
젊음은 건강하게 빛났다. 그 반짝
임을 알아본 여자가 있었다.

태백부대 파병 군의관
윤 명 주

이른바 '장군의 딸'. 군의관으로 첫
부임한 부대에서 대영을 만났고,
인생에서 처음으로 여자이고 싶었
다. 그러나 사령관의 딸이자 육사
출신 군의장교 명주와 검정고시 고
졸 부사관인 대영의 사랑이 순탄할
리 없었다. 처음으로 군인이 된 걸
후회했다. 못다 한 사랑은 미련이
되고, 미련이 애증이 될 동안 명주
는 대영의 곁을 성실하게 맴돈다.

25

여보세요. ○ 여보세요, 빅보스 씨?

신분도 확실한데 꼭 확인을 해
야겠습니까? 나 되게 거짓말 못
하게 생겼는데? ○ 살인범들은
대개 호감형이죠. ○ 그건 그런
것 같네요. ○ 이 순간에 진지하
면 내가 무섭죠. 여기 우리 둘밖
에 없는데. ○ 걱정 말아요. 미인
과 노인과 아이는 보호해야 한
다는 게 내 원칙이라. ○ 다행이
네요, 셋 중 하나엔 속해서. ○
안 속하는데. ○ 노인이요!

사실 이거 노르망디에서 난 상처입니다. 그때 진짜 총알이 비처럼 쏟아지는데, 그 총알을 뚫고 전우를 구하러 갔죠, 제가. ◦ 혹시 그 전우 이름이 라이언 일병인가요? ◦ 의사면 남친 없겠네요, 바빠서? ◦ 군인이면 여친 없겠네요, 빡세서?

마음이 변했습니다. 변한 마음을 설명할 재주는 없습니다. 그뿐

입니다. ○ 안 믿어. ○ 용무 끝나셨으면, ○ 그러지 마. ○ 가보겠

습니다. ○ 그대로 서 있어. 밤새 서 있어. 죽을 때까지 서 있어.

난 평생 경례 안 받을 거니까.

지금 세 번째 다시 내려오는 거 맞지 말입니다? ○ 무
슨 일이십니까? ○ 전투화 좀 벗어보십시오. 전우 사
랑도 좋고, 중대 1등도 좋은데, 지금 발 상태면 의가
사 제대로 군복 벗는 수가 있습니다, 서대영 중사님.
○ 군복 벗을 때 벗더라도 지금은 1등 해야겠습니다.
○ 꼭 1등 해야 하는 이유가 설마 휴가 나가 구여친 결
혼식 깽판 치러 가야 한다, 뭐 이런 건 아니죠?

무슨 일인데 헬기가 와서 데려가요?! ○ 나중에
설명할게요! 대신 약속 하나 합시다! 다음 주 주
말에 만납시다, 우리! 병원 말고 다른 데서! ○
치료받으러 안 올 거예요?! ○ 건강하게 돌아올
테니까 영화 봅시다, 나랑! ○ …. ○ 빨리! 시간
없어요! 싫어요, 좋아요?! ○ 좋아요!

너 뭐 봐? ○ 그 남자 사진. 그 남자
사진이 엑스레이 사진밖에 없네.

왜 벌써 왔어요? 약속 시간까지 두 시간 남았
는데? 내가 잘못 안 거 아니죠? ◦ 제가 많이
일찍 왔어요. 기다릴 사람이 있다는 게 생각
보다 괜찮더라구요. ◦ 그렇다고 두 시간 전에
오는 사람이 어딨어요! ◦ 근데 왜 자꾸 눈 피
해요? ◦ 자신감이 떨어져서 그래요. 나 지금
쌩얼이란 말이에요. ◦ 이미 아름다우신데. ◦
그래요? 왜지? 내면이 아름다워 그런가? 참을
만하면 씻지 말까요?

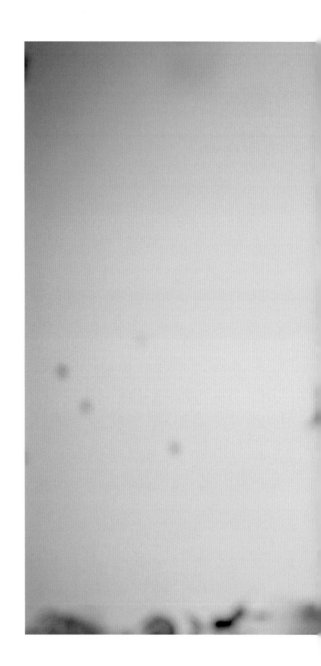

되게 특이하네. 되게 예쁘고.

내 생각 했어요? ○ 했죠, 그럼. 유시진 씨는요? ○ 난 많이 했죠. 남자답게.

머리 감기 그거 모른 척해줘서 고마
워요. 커피는 극장 가서 마셔요. ◦
그래요. 아, 난 생수 마셔야겠다. ◦
야! ◦ 난 극장 오면 이때가 제일 설
레요. 불 꺼지기 바로 직전. ◦ 난 태
어나서 지금이 제일 설레요. 미인이
랑 같이 있는데, 불 꺼지기 바로 직
전. ◦ 노인 아니구요? ◦ 아, 어두
워서 미인으로 잘못 봤습니다. 근
데 아까 나한테 야! 그랬죠? ◦ 근데
요? ◦ 몇 살입니까? 내 나이는 차트
봐서 알 거고. ◦ 아니 아까 그 상황
은… 오빠가 먼저 약 올렸잖아요. ◦
아, 내가 오빠구나. ◦ 뻥인데, 내가
누나예요. ◦ 아닌 거 같은데? 민증
까봅니다. 난 미성년자 아닐까 걱정
했는데?

저는 군인입니다. 때로 내가 선이라 믿는 신념
이 누군가에겐 다른 의미라 해도 저는, 최선을
다해 주어진 임무를 수행합니다.

전, 의사입니다. 생명은 존엄하고, 그 이상을 넘어선 가치나 이념은 없다고 생각해요. 미안하지만, 제가 기대한 만남은 아닌 거 같네요.

팀장으로 오시는 분… 그 의사분 아닙니까? ○ 맞습니다. ○
팀장님 여기 있는 거 그분은 압니까? ○ 모를 겁니다. ○ 그
냥 지나가는 인연은 아니었나 봅니다. ○ 지나가는 중에 잠
깐 부딪히나 봅니다.

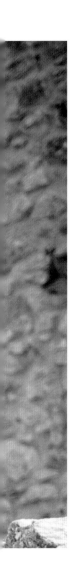

뭐예요? 지뢰 왜 안 터져요? ○ …잘 지냈어요? ○ 뭐야, 뻥이었어요?

시끄러워서 못 주무신 모양입니다. ○ 죄송하지만 조금만 옆으로 비켜주실래요? ○ 오늘 의료팀 일정 어떻게 됩니까? ○ 오전이요, 오후요? ○ 선두 제자리! 제자리에 서! ○ 아침 구보 마친다. 신속히 내무반으로 해산! ○ 오전 오후 다요. 어떻게 됩니까?

근데 이 배는 왜 여기 이러고 있어요? ○ 홀려서? 아
름다운 것에 홀리면 이렇게 되죠. ○ 홀려본 적 있어
요? ○ 있죠. 알 텐데? ○ …. 그러고 보니 아직 대
답을 못 들은 것 같은데. 잘 지냈어요? ○ 여전히 섹
시합니까, 수술실에서?

어떻게 이런 곳이 있죠? 기절하게 예뻐요. ◦ 그럼 또 와요. 이곳 사람들은 이
해변에서 돌을 가져가면 반드시 이곳으로 다시 돌아온다고 믿거든요. 자요. ◦
나 이제 수술 안 해요. 수술 실력은 내 경력이 되지 못하더라고요. 금방 돌아갈
거고, 돌아가면 다시 있던 자리로 올라가야 해서, 아주 바빠요. ◦ 그렇군요. ◦
이거요. 나보단 대위님이 빠를 것 같아서요. 확인해봐요, 진짜 돌아와지나.

난 세계사를 책임질 생각은 없어요. 하지만 지금 손 떼면 이 환자는, 죽습니다.
○ 이 환자, 살릴 수 있습니까? ○ 네?! ○ 복잡한 얘긴 됐고, 살릴 수 있는지 없는
지만 대답해요. 의사로서. ○ 살릴 수 있어요. ○ 그럼, 살려요.

환자가… 아직 안 깨어나요. 이 남자 저 남자 너무
걱정하는 남자가 많은 거 아닙니까? 헤프게 굴지 말
고 강 선생은 이 시간 이후 내 걱정만 합니다.

모기 많습니다. 더워도 꼭 전투복 입으십시오. ○ 이건, 뭔데. 뭘 어
쩌라는 건데! ○ 파병지에서 몸조심하시기 바랍니다. ○ 왜 안아, 왜
만져! 만졌으면 책임져, 이 자식아! 미련 남으면 행복할 수 없다며!
딴 여자는 잘도 배려하면서 왜 나한텐 그것도 안 하는데!

그 여자 많이 사랑했습니까? ◦ 그게 왜 궁
금합니까? 행복하게 해주겠다고 약속했었
습니다. ◦ 결혼식 깽판 치면 별로 안 행복
할 것 같은데. ◦ 미련이 남아 있으면, 행
복할 수 없습니다. ◦ 복수하러 가는 게 아
니라 배려하러 가는 겁니까?

어떻게 남자들은 사귄다와 잔다가 동급입니까? ○ 그게 남자입니다. 신경 쓰지 마십시오. 신경 쓰면 자는, 지는 겁니다. ○ 자는 겁니다? ○ 실수입니다. ○ 웃기지 마십시오! 남자들 머릿속은 온통 자는 겁니까? 이러니 이건 내가 무조건 자는 싸움, (악!) 지는 싸움이란 말입니다! ○ 이기지는 못해도 비기는 전술은 압니다. ○ 뭡니까, 그게? ○ 소문을 사실로 만들면 됩니다. ○ 소문을 사실? 나를 뭘로 보고!

돌팔인 줄 알았더니 아닌가 봐요? 살렸던데? ○ 살리라면서요. 고마웠어요. 믿어줘서.

왜 그냥 가요? ◦ 혼자 있고 싶으신 거 같아서요. ◦ 아뇨,
같이 있고 싶습니다. 나 여러 번 얘기했는데. ◦ 되게 먹
고 싶은가 봐요. ◦ 방법이 없진 않죠.

ALWAYS

전부터 궁금했는데, 왜 군인이 됐어요?　누군가는
군인이 돼야 하니까요.　내 직업이 마음에 안 드나
봅니다. 그래서 혼자 복잡한 거고.

III

유 대위님, 살려줘요. 나 좀 살려주세요! ○ 무
슨 일입니까? 어디예요, 거기? ○ 절벽에 차
가… 저 좀…. ○ 괜찮아요? 어디 아픈 덴 없어
요? ○ 야, 이 또라이야! 아무리 그래도 그렇지
어떻게 거기서 차를, 미쳤어, 돌았어. 내가 얼
마나 무서웠는지 알아요? 나 정말 죽는 줄 알
았다구요. 흐흑…. ○ 어디 불안해서 혼자 내보
내겠나. 혼자 보냈다고 벼랑 끝에 매달려 있고
말이야. 혼자 기차 타라 그럼 어디 가 있으려
고요.

신경안정제 같은 거 필요하면 얘기해요. 처방해줄게요. ○ 지금 나 신경 써주는 겁

니까? ○ 써야죠, 생명의 은인인데. ○ 목숨 정도는 구해줘야 신경 쓰네, 이 여잔.

계속 그런 눈으로 보고 있었어요? ○ 그런 눈이 어떤 눈인데요? ○ 눈을 못 떼겠는 눈.

중대장님 송별회입니다. ○ 중대장님이면,
유 대위님…이요?

그때 허락 없이 키스한 거 말입니다. ◦ 그 애긴 내가 꺼낼 때까지, ◦ 뭘 할까요, 내가. …. ◦ 사과할까요, 고백할까요? ◦ 유시진 씨는 되게 멋있어요. 멋있지만 너무 위험하고, 위험해서 싫은데, 눈 마주친 모든 순간 매력적이죠. 그래서 시간이 더 있었으면 했어요. 복잡한 머릿속을 단순화시키고 두려움을 없애고 위험하지만 매력적인 이 남자의 애인이 되어볼까… 생각할 시간이. 근데 유시진 씨는, 이렇게 자꾸 어디론가 떠나시네요. 왜 매번 이러냐고 따질 수나 있나, 안 가면 안 되냐고 조를 수나 있나, 혼자 들끓었던 시간도 바보 같고…. 지금은 그냥 유시진 씨가 밉습니다. 사과하세요. 사과받을게요.

중대장님 어젯밤에 출발하셨지 말입니다? 와… 얄짤 없네. 123

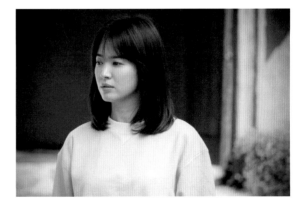

유 원사는 건강하게 오래만 삽니다. 어깨에 별 단
아들하고 사진 박게 해드릴 라니까. ○ 괜찮은 거
야? ○ 아버지께 배운 대로 했습니다. 자랑스러워
해주십시오.

서대영 지금 내 전화 받은 거야? 정말 받았네? ◦ …. ◦ 시진 선배는 만났어? 그 인간 나 엄청 놀리고 갔어. 서대영이 뭐 얼마나 좋으면 여기까지 쫓아오냐고. 넌 다 예쁜데 자존심 없는 게 특히 예쁘다고. ◦ …. ◦ 치, 그깟 자존심 좀 없으면 어때. 서대영이 날 어떻게 사랑했는데. ◦ …. ◦ 듣고 있어…? 듣고 있으면 인간적으로 숨소리 한 번 냅니다.

이제 의업에 종사할 허락을 받으매 나의 생애를 인류 봉사에 바칠
것을 엄숙히 서약하노라. 나의 환자의 건강과 생명을 첫째로 생각
하겠노라. 나는 인종, 종교, 국적, 정당정파 또는 사회적 지위를 초
월하여 오직 환자에 대한 나의 의무를 지키겠노라. 비록 위협을 당
할지라도 나의 지식을 인도에 어긋나게 쓰지 않겠노라. 이상의 서
약을 나의 자유의사로 나의 명예를 받들어 하노라.

지진이에요! 다들 건물에서 떨어져요! ◦ 의료팀 책임자는 저예요.
이게 지진이면 그 현장에 누구보다 필요한 게 우리입니다. 남겨진
동료들도 있구요. 우리끼리는 귀국 못합니다.

안 다쳤으면 했는데. ∘ ⋯. ∘ 내
내 후회했습니다. 그날 아침에
얼굴 안 보고 간 거. 옆에 못 있
어줘요. 그러니까 꼭 몸조심해
요. ∘ 대위님도요.

언제 터질지도 모르는 에어백 믿고 저 콘크리트 더미 아래로 기어 들어간단 얘긴데, 죽으려고 환장한 놈 아니고서야 누가 그 짓을 합니까? ○ 우리가 합니다. ○ 구조 현장에 최선이란 없습니다. 그저 해결하는 겁니다, 눈앞에 닥친 문제들을.

되게 보고 싶던데. 무슨 짓을 해도 생각나던데. 몸도 굴리고 애
도 쓰고 술도 마시고 다 해봤는데, 그래도 너무 보고 싶던데.

143

여긴 어디 으슥한 데 없어요? ○ 보통은 남자가 하는 멘트인데. 그럼, 최선을 다해 으슥해볼까요? 잘했어요, 오늘. 잠깐 나 봐요. ○ 와… 진짜 뻔뻔하네. 땅이 무슨 짓을 한지도 모르고. ○ 위로가 될 줄 알았더니. ○ 위로 이미 받았는데, 대위님한테.

이 환자 살면 밥 한 끼 얻어먹어. ◦ 살 수 있습니까? ◦ 살리고 있는 중이야, 니가. ◦ 제가 말입니까? 일병 김기범! 제가… 사람을 살리고 있지 말입니다. 서 상사님한테 자랑해도 됩니까? ◦ 순서 지켜. 내가 먼저 할 거니까.

무사해서 다행입니다. 걱정 많이 했습니다. 그럼. 서대영
상사, 다치지 마십시오. 명령입니다. 목숨 걸고 지키십시오.
알겠습니까?

몸은 괜찮습니까? ○ 괜찮습니다. 진도계가 5.0 이상 올라가
거나 이 녀석 호각 소리 들리면, ○ 알았으니까 손 잠깐 줘보
십시오. ○ 악! ○ 괜찮긴 뭐가 괜찮습니까. 압박붕대 해줄 테
니까 감고 갑니다.

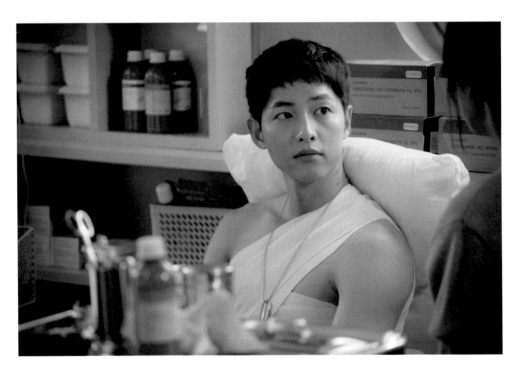

전 되게 무서웠어요. 대위님 죽었을까 봐. ○
강 선생 믿고 들어간 건데. 나 죽게 안 놔뒀을
거잖아요. ○ 매번 이렇게 모든 일에 목숨을 거
는 거죠? ○ 나 일 잘하는 남자입니다. 내 일
안엔 내가 안 죽는 것도 포함돼 있고.

귀국진 명단은 좀 이따 드릴게요. ○ 그 명단에, 강
선생도 있습니까? ○ 이번엔 내가 버리고 갈 수 있는
기회네요.

EVERYTIME

근데 왜 도망갑니까? 죽기 전에 고백할 마음 있었는데, 살고 보니 마음이 변한 겁니까? ◦ 고, 고백이요? 그거 고백 아니에요. ◦ 자기 마음 들켜서 졌다고 생각하지 맙시다. 어차피 그래봤자 내가 더 좋아하니까.

사방이 지뢰인데 어떡해요? ○ 내 발자국만
밟으며 따라와요. 죽게 안 둘 거니까 겁먹지
말고. ○ …. ○ 맘 편하게 먹어요. 내 섹시한
뒤태 감상하면서.

대위님 때문 맞는데? 대위님 때문에 안 간다구요. ◦ ⋯. ◦ 대
위님이랑 조금이라도 더 같이 있고 싶어서요. ◦ ⋯. ◦ 방금
나 고백한 거 같은데. 사과할까요? ◦ 내가 사과를 어떻게 받
을 줄 알고.

전 뭐라고 불러야 해요? 명주 아버님한테? ○ 군인 아저씨?

내 걱정은 하지 마시지 말입니다. ○ 안 합니다. 뭐 이쁘다고.

말도 안 돼. 진짜야? ○ 무르고 싶으면 지금 얘기해. 지금 아니면 기회 없다. ○ 진짜지? 정말 진짜지? 진짜 진심으로 허락하신 거지? ○ 예, 그렇습니다. 상사 서대영은 중위 윤명주와 정식 교제를 명, 받았습니다. 이에 신고합니다. 단결. ○ 아, 왜지? 아, 뭐지? 아, 어떡하지? 아빠 혹시 암인가? 시한부 선고 같은 거 받으신 거 아냐? ○ 전화드려봐야겠다. 난 목소리만 들어도 딱 알거든, 진심인지 아닌지. 간다. ○ 알긴⋯.

대체 명주랑 왜 안 사귀었어요? 나이 어려, 학벌 좋아, 집안 짱짱해, 몸매 빵빵해, 때려 죽여도 뭐 하나 빠지는 게 없는데? 뭐 예쁘고 집안 좋으면 다 사귑니까? 예쁘긴 했구나, 명주가. 난 예쁘단 얘긴 안 했는데? 나 참, 지금 질투하는 겁니까?

178

뭐하는 거예요? ○ 입 막은 거죠, 야하게. 계속해보시든가.

아는 사람이에요? 누군데요?   라이언 일병.

되게 바빴군요. 머리 묶을 시간도 없을 만큼. ◦ 내가 해도 되
는데. ◦ 원래 연애라는 게 내가 해도 되는 걸 굳이 상대방이
해주는 겁니다. ◦ 나중에 나도 해줄게요. 대위님이 해도 되는
거, 굳이 내가.

시진 오빠랑 만났던 날? 우리의 추억들을 보내요오

~??? 이 남자들이! 윤 중위, 총 가져와. ○ 오해입니

다! ○ 오해가 확실합니다!

되게 순수했습니다. 저는 그냥 차만 마셨습니다. ◦ 아
이고, 신사 나셨네. ◦ 과찬이십니다.

조금만 늦었어도 파티마가 더 맞았을지도 모른다구요. 잘했어요.
우리는 총 맞을 위기지만 파티마는 무사하니까. 어떡해요? 오케
이, 농담 끝. 지금부터 내 말 잘 들어요. 내가 지금! 하면 무조건 도망
쳐서 창고 앞으로 차 갖고 와서 대기해요.

그냥 잠들긴 좀 아쉬운 밤이지 않나? 라면 먹
고 갈래요? ○ 뭐지, 이 성의 없는 19금 대시
는? ○ 되게 진정성 있는 유혹인데.

M형 바이러스에 의한 악성 페스틸런스로 추정됩니다.

정확한 검사 결과 나올 때까지 수술실은 폐쇄 격리 조치할게요.

이제 뭐하죠? ○ 검사 결과 기다려야지. 환자도, 우리도.

나구나…!

몸은 좀 어떠십니까? ○ 보고 싶습니다. ○ 식사는 했습니까? ○ 보고 싶습니다. ○ …. ○ 몸은 좀 어떠십니까? …. ○ 바보, 대답 알려줬구만. ○ …보고 싶습니다. ○ 식사는, 했습니까? ○ …보고 싶습니다.

채혈 얘기가 나와서 말인데, 강 선생
은 혈액형이 뭡니까? ○ 당신의 이상
형? ○ 하하, 더 해봐요. ○ 미인형? ○
한 번만 더 해봐요. ○ 인형? ○ 졌다.
그래서 혈액형이 뭔데요? ○ 당신이란
감옥의 종신형?

니 여자 죽이고 싶어? 명령은 내가 할 차례야. 캡틴. 빅보
스 송신. 강 선생, 지금부터 내 말 잘 들어요. 내가 반드시
찾고, 내가 반드시 구할 겁니다. 알죠? 나 일 잘하는 남자인
거. 금방 갈게요. 그러니까 겁먹지 말고 울지 말고, 조금만
기다려요. 좀 이따 봅시다.

여기서 뭐합니까? ○ 그러시는 분은 거기서 혼자 손들고 뭐합니까? ○ 혼자인 줄 알고 쫄았다가 두 팔 벌려 전우들을 환영하고 있지 말입니다. ○ 쫄지 마십시오. 알파팀 전원 휴가 복귀했습니다. ○ 고맙다는 인사는 복귀해서 길게 하고, 캡틴 빅보스, 알파팀에 작전 명령 하달한다. 피콜로, 해리 포터는 아이들 안전하게 보호해 이 지역을 신속히 빠져나간다. ○ 예, 알겠습니다. ○ 울프, 스누피는 나와 함께 인질 구출 작전을 속개한다.

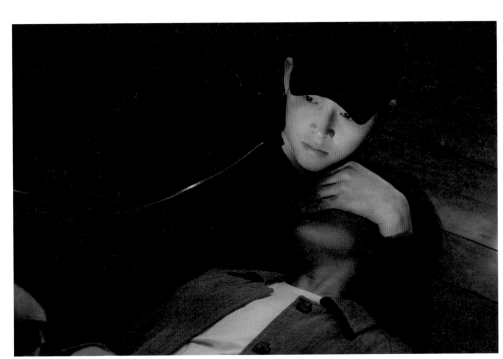

209

이건 잊어요.

당신도 이건 잊어요.

딱 내 생각 하는 얼굴이지 말입니다. ○ 그냥 평소 얼굴입니다. 평소에 늘 생각합니다. ○ 어라? 좀 달콤한데? ○ 더 누워 있지 여긴 뭐하러 옵니까? ○ 병실 심심합니다. ○ 서 있지 말고 앉으십시오. ○ 좀 비키시죠? 뭐 예쁜 얼굴이라고. ○ 비키면 눈부십니다. ○ 누가 보면 나 엄청 사랑하는 줄 알겠네. ○ 사랑한다, 윤명주. ○ 혹시 우리, 헤어집니까? 우리 진짜 헤어집니까? ○ 사랑한다, 아주 많이. 아주 오래.

당신을 감당해보겠다구요. 그러니까 당신도 내 수다 감당하라고. 대신 하나만 약속해요.
내가 불안해할 권리를 줘요. 그럼, 마지막으로 하나만 물어볼게요. 나예요, 조국이에요?
일단 강모연이요. ○ 일단? 진짜요? 그럼 조국은요? ○ 조국은 질투하지 않으니까. 그냥 날
믿죠. ○ 난 뭐 이런 연애를 해. 무슨 남자가 조국이 시어머니고 국가가 시누이냐고.

서로 앙숙이었던 이유가 윤기 오빠 때문이었나 봅니다. ◦ 전 윤기 오빠 보고 싶어서 잠이 안 올 것 같습니다. ◦ 오해입니다. ◦ 오해가 확실…합니다.

지금부터 내 말 잘 들어요. ◦ 무슨 말…요. ◦ 지금 난 이 세상에 현존하는 남자 중에 유시진 씨가 젤 좋아요. 그 사람은 단한 순간도 비겁하지 않고, 내가 본 모든 순간 명예로웠고, 내가 본 모든 순간 잘생겼어요.

218

이 돌멩이를 갖고 있었어요, 아직? 이젠 강 선생이 시험해봐요, 다시 돌아와지나.

FOREVER

방금 들어온 여자 되게 예쁩니다. ○ 방금 나
간 여자가 더 예뻤습니다. ○ 에이, 저 여자가
훨씬 예쁘지 말입니다. 근데 자꾸 저 처다
봅니다.

이 사람입니다. 강모연 선생 남자친구. 1983년생.
이름은 유시진. 대한민국 육군 대위. 물고기자리
에 A형. ○ 아, 이 사람이⋯ 이, 이 사람 같은데??

근데 나 이런 거 받는다고 쉽게 기분 풀리고 그런 여자 아니에요.

○ 그래요. 입꼬리는 올라갔지만.

오랜만에 오셨어요. 근데 여자친구분들이 바뀌셨네요? 전엔 늑대랑 토끼랑 오셨었거든요. 인형이요. 그럼 맛있게 드세요. ○ 진짜 제 여자친구입니다. ○ 이쪽은 전우입니다. ○ 전우? ○ 우르크에서 함께 싸워냈죠.

나 때문에 불행해질 거면 그냥 나 없이 혼자 행복해져. 진심이야.

이러는 게 어딨어. 제발요. 제발 정신 좀 차
리라고, 이 나쁜 놈아! ···되게 아프네. 나
랑 같이 실려 온 총상 환자, 살았습니까?

그 왜 있잖아요. 죽어가는 환자 수술했다고 나한테 엄청 뭐라 그러고 대위님 징계 먹인 그 우럭 닮은 양반. 아까 보니까 우리 의료팀한테 주사약 이거 뭐냐 알약 이거 뭐냐, 우리가 자기 부하야 뭐야 왜 막, 워아으 어예요! ○'이 방 도청 중. 욕설 금지.' ○'어떡해요!'

남조선 특전사 사격 솜씨래 형편없구
만. 딱 죽지 않을 곳에 쐈어.

누가 먼저 잠들었는지 알 수 없었다. 고단하고 긴 하루였고, 그 사람의 품속이었다. 그렇게 누워 나는 밤새 반짝였다. 꼭 사랑받는 여자처럼. 우리가 못 본 그 영화는 해피엔딩이었을까, 새드엔딩이었을까.

DESTINY

팔자에도 없는 고무신 만드는 거예요 지금? ○ 딴 놈이랑 술 먹지 마요. ○ 한 계절만 잘 보내고 있어요. 계절이 바뀔 때쯤 돌아올게요.

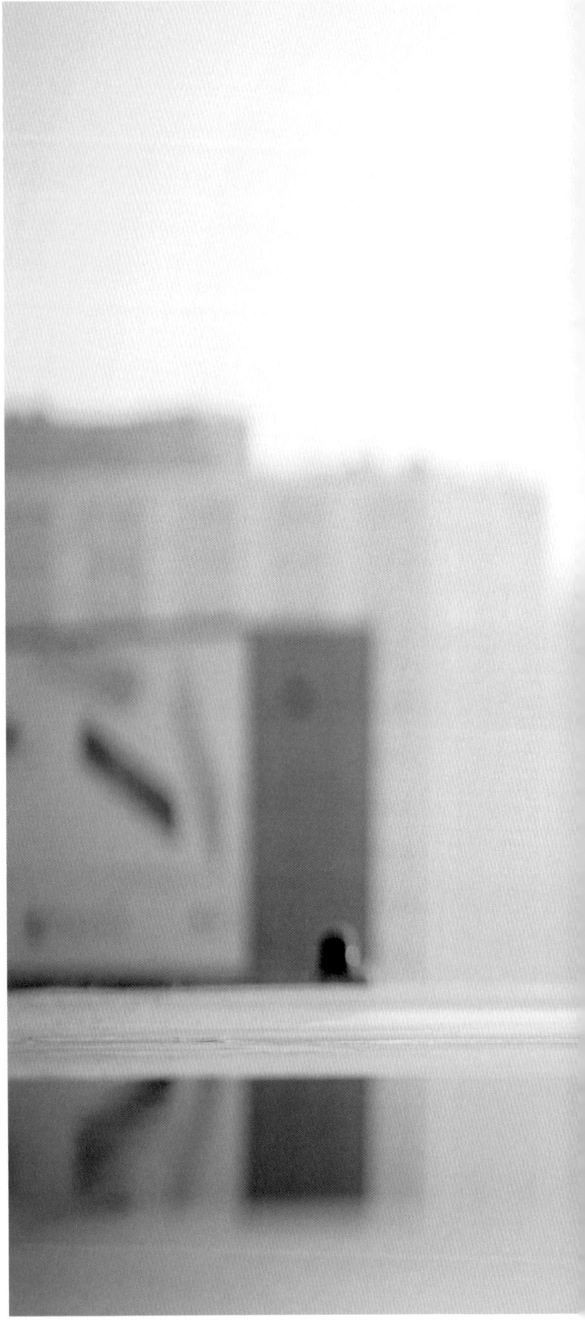

작전 나가기 전에 우리는 유서를 씁니다. 결코 이 편지가 강 선생에게 전해지지 않길 바라지만, 혹여 만에 하나 지금 강 선생이 이 유서를 읽고 있다면, 난 약속을 못 지켰습니다. 걱정하지 말라는 약속, 다치지 않겠다는 약속, 죽지 않겠다는 약속, 꼭 돌아오겠다는 약속, 나는 하나도 지키지 못했습니다. 미안합니다. 강 선생이 있는 곳은 언제나 환했습니다. 그런 당신을 만났고, 그런 당신을 사랑했고, 그런 당신과 이렇게 헤어져서… 정말 미안합니다. 염치없지만… 너무 오래 울지 않았으면 좋겠습니다. 딴 놈이랑 살 거면 잘 살지 말라고 했던 말, 취소합니다. 누구보다 환하게, 잘 살아야 해요. 그리고 나를 너무 오래 기억하진 말아요. 부탁입니다.

우르크 언제 가는데? ◦ 월요일 새벽 출발입니다. 3일 남았으니까
우리도 무박 3일? 협조?

근데 유 대위님이랑 서 상사님 말이야. 두 사람의 처음은 뭐였어? 어떻게 친해졌는지 궁금했는데 물어보질 못했어. 이젠 물어볼 데가 없고…. ○ 제가 압니다. 첫 만남은 여자 때문이었습니다. ○ 여자?!

중대장입니다. 우산 좀 같이. ○ 우리 사귑니
다. ○ 우리가 말입니까? ○ 아, 저 윤명주 중
위랑 사귑니다.

이윤보다 생명이다. 생명과 바꿔서 남는 장사는 없단 깨달
음을 주죠. 휴… 나 이런 의사 됐어요. 그곳에서 보기에 나…
자랑스럽나요?

빅보스 송신. 뭐야… 이젠 뭐 이런 말도 안 되는 게 들려. ○ 빅보스 송신. ○! ○ 이쁜이는 뒤를 돌아봅니다. 오버.

살아… 살아 있었어요? ○ 그 어려운 걸 자꾸 해냅니다, 내가.

그날 윤 중위는 '백년 만에 첫눈이 와요'라고 했다. 그리고
'그가 그 눈 속을 걸어왔어요'라고.   답이… 많이 늦었다.
안 헤어진다. 죽어도 너랑 안 헤어질 거다.

앞으로도 백화점 가는 일, 계속할 거예요? 영웅이 되고 싶은 건가 해서요. ⊙ 죽어야 듣는 영웅 소리에 관심 있는 군인은 아무도 없습니다. 그저, 평화가 지켜져야 하는 곳의 평화를 지키는 겁니다. ⊙ 계속하겠단 소리네요? 내가 반대해도? ⊙ 반대할 겁니까? ⊙ 하지 말까요? 이번엔 당신이 영영 안 돌아 올지도 모르지만? 쫄지 마요. 반대 안 할 테니까.

걸쳐요. 옷이 다 비칩니다. 딴 기집애들 보는 건 싫거든요.

백 번도 넘게, 너한테 가고 싶었으니까.

286

소원 뭐 빌었어요? ◦ 놀랄 텐데. ◦ 뭔데요? ◦ 이 남자가
키스하게 해주세요. 이뤄질까요? ◦ 방법이 없진 않죠.

내가 끌린 그 남자는 전 세계에서 유일한 분단국가인 대한민국에서 군인으로 살아가고 있다. 여전히 노인과 미인과 아이는 보호해야 한다고 믿는 명예로운 특전사 소령이다. 그리고 나는 여전히 방송하는 의사고, 당연히 해성병원 간판이다.

히포크라테스는 말했다. 이 말 저 말 많이 했다. 어떤 말은 머리에 남고 어떤 말은 가슴에 남았다. 예를 들면 이런 말이다. '이제 의업에 종사할 허락을 받으매 나의 생애를 인류 봉사에 바칠 것을 엄숙히 서약하노라. 나의 양심과 위엄으로서 의술을 베풀겠노라. 나는 인종, 종교, 국적, 정당정파 또는 사회적 지위를 초월하여 오직 환자에게…. 비록 위협을 당할지라도 그 어떤 재난 앞에서도 물러서지 않겠노라.' 그 어떤 총구 앞에서도 이 땅의 평화를 지키겠노라.

오늘 수많은 유시진과 수많은 강모연은 엄숙히 서서했다. 그들의 서서가 이 세상의 모든 땅에서, 이 세상의 모든 태양 아래서 지켜지기를 나는 응원했다.

BEHIND CUT

출연

송중기 송혜교 진구 김지원 온유 강신일 이승준 조재윤 서정연 남문철 전인택 김병철 David McInnics 태인호 지승현 조태관 현쥬니 이이경 전수진 박아인 조우리 박환희 서우진 박훈 안보현 최웅 김민석 Nwamadi joeljin(아역)

극본 김은숙 김원석 **연출** 이응복 백상훈

책임프로듀서 배경수 **제작** 김우택 서우식 장경익 **프로듀서** 함영훈 유종선 박우람 **제작총괄** 한석원 **홍보마케팅총괄** 박준경 **촬영감독** 김시형 엄준성 **촬영1st** 김태훈 봉성혁 **포커스풀러** 최장원 주명수 **촬영팀** 김득만 조위진 변성수 이우진 정규식 서지연 **데이터매니저** 문정찬 남기문 **블랙매직촬영** 정해근 **ENG배정** 김재환 변춘호 **조명감독** 유재규 박중기 **조명1st** 신용태 조동혁 **조명팀** 윤석원 하대영 이정무 정진혁 한규석 이동오 김덕민 오원창 문수정 **발전차** 전혁욱 김관혁 박동민 **동시녹음** 성경환 김수한 정하은 강명구 조승연 민진원 **장비** 박지오 이훈영 문성진 배경한 권영욱 박민혁 **무술** [열혈남아] **무술감독** 박정률 김철준 **무술팀장** 윤기현 **특수효과** [퍼펙트] 윤대원 오원준 백지남 황정복 **보조출연** [태양기획] 이정훈 유무열 김진수 **캐스팅디렉터** 최길홍 이민호 **외국인캐스팅** 노지은 김혜진 **스탭버스** [동백관광] 위성주 장세열 **연출봉고** [건아렌트카] 허준 최정식 **카메라봉고** 남정학 김윤환 **렉카** [(주)인아트윅] 심대섭 **소품차** [올댓카] 서태정 **금호클래식카** 오병언 **식당차** [훼미리푸드] **밥차명가 사이참** **조명크레인** [대승씨앤비] 백승철 **대본인쇄** [슈퍼북] 한동민 **미술** (주)KBS아트비전 **미술감독** 김소연 **미술팀장** 김소연 **장식디자인** 윤진기 정서연 **장식** 조광휘 강상철 구훈모 정대호 **장식제작** 정진호 **PPL 지원** 김지현 **의상디자인** 강윤정 **의상** 이정혜 최지윤 **특수복자문** 메탈자켓 **세트제작** (주)아트인 **세트총괄** 송종태 **제작** 남궁웅태 이상도 **장치** 박성철 이상군 김형수 최병덕 **장치장식** 김한 박유범 **작화** 김홍현 김준겸 **대도구진행** 장수창 **조경** [미스김라일락] [진영농원] **특수분장** [메이크업스토리] **분장미용** [메이크업스토리] 최경희 오라영 최상미 정혜원 **제작편집** 안영록 박경현 **제작편집CG** 나유선 **편집** 최중원 김영주 **서브편집** 이현주 이상록 **편집보** 최현의 고경란 **사운드마스터링** 최명규 황현식 **사운드디자인** 서홍식 **음향효과** 박종천 배윤영 임소연 **음악감독** 개미 **음악** 고성필 **음악팀** 이건영 이성구 이규옥 **뮤직레코딩&믹싱** [Mad Fish] 구자훈 **OST제작** [뮤직앤뉴] [오우엔터테인먼트] **OST프로듀서** 개미 송동운 **특수영상** [마인드풀] 조봉준 김주성 김률호 김준호 박보

람 채리나 방희진 장주혁 김아라 여진희 **비주얼디렉터** 박성용 **DI 색보정** [CJ 파워캐스트] 신정민 남형권 **UHD 제작지원** [KBS콘텐츠창의센터] 박준균 강규원 5element **테크니컬디렉터** 김승준 **마케팅 총괄** [이노션] 임범 서정우 고정진 이도연 **마케팅 진행** 손은준 **총기수입** [3.1총포화약상사] **총기자문** 이주환 **실내세트** [동현스튜디오] **스탭보험** 이재진 **KBS홍보** 이병기 김규랑 **외주홍보** [블리스미디어] 김호은 김호빈 김해리 **온라인홍보** KBS 미디어 **콘텐츠기획** 차유미 김성회 **웹디자인** 박진규 유경예 **웹운영** 박재광 이아란 **포스터** [SPUTNIK] 이관용 손윤영 우민혁 김내은 정지혜 김민지 **포스터 사진** 임효선 **캘리그라피작가** 전은선 **현장스틸** 임효선 **현장메이킹** 석다영 박소라 **헬리캠** [매트스튜디오] **&매트페인팅** 최동규 윤광규 마선경 윤찬미 동나미 **고려말 자문** 주찬양 **중문번역** 권현정 **의료자문** 가톨릭의대 서울성모병원 외과 송교영 교수 구화선 **군 촬영협조** 육군본부 특전사 **자 문** 김현우 대위 **군 자문** 김보건 **아랍어 자문** 이성숙 **해외촬영 프로듀서** 강명찬 **라인프로듀서** [Voyageur] 김동식 **프로덕션코디네이터** [Voyageur] 조예진 **어시스턴트프로덕션코디네이터** [Voyageur] 오지혜 장요한 **제작 회계** 이민지 **로케이션매니저** 이원재 **케이터링** 박용우 **제작지원 및 통역** 전성초 서지연 최민기 **통관업무** 서제교 **보조 작가** 권은솔 박민숙 임메아리 **KBS행정** 설현숙 김승주 **섭외** [로케이션마루] 윤종훈 고재명 이도영 **SCR** 고은 정 박정미 **FD** 오창묵 최광식 신혜림 배은호 박동휘 **조연출** 유영은 김형준

해 외 촬 영

현지 프로덕션 BOO PRODUCTION **Line producer** ANGELO VENETIS **CO-Producer** HERCULES MAVROEIDIS **Production Manager** ELENI TSATSOULA **2nd Asst. Director** ELENA DIMITRAKOPOULOU **Production Coordinator** VASSILIS BALTSAS **Location Manager** PETROS MANTOUVALOS **Prop Master** BABIS ZAFIROPOYLOS **Gaffer** MICHAEL CHRISTOFORATOS

제 작

제작 Ⓝ Ⓔ Ⓦ

제작PD 이수범 진소라 박재우 **재무이사** 이연주 **제작회계** 김보람 **홍보마케팅책임** 양지혜 김가연 최희준 **제작관 리** 송아름 **해외유통** 김재민 김태원 이정하 박성윤 **OST제작/유통** [뮤직앤뉴] [오우 엔터테인먼트]

태양의 후예
PHOTO ESSAY

초판 1쇄 인쇄 2016년 4월 25일 초판 1쇄 발행 2016년 4월 30일

지은이 태양의후예문전사
펴낸이 연준혁

출판3분사·멀티콘텐츠사업분사
오유미·정은선 이화진
책임편집 배윤영 디자인 강경신

펴낸곳 (주)위즈덤하우스 출판등록 2000년 5월 23일 제13-1071호
주소 경기도 고양시 일산동구 정발산로 43-20 센트럴프라자 6층
전화 031)936-4000 팩스 031)903-3893 홈페이지 www.wisdomhouse.co.kr

ⓒ 태양의후예문화산업전문회사, 2016
값 18,000원
ISBN 978-89-6086-928-8 03810

이 도서의 국립중앙도서관 출판시도서목록(CIP)은
e-CIP홈페이지(http://www.nl.go.kr/ecip)와
국가자료공동목록시스템(http://www.nl.go.kr/kolisnet)에서 이용하실 수 있습니다.
(CIP제어번호: CIP2016008857)